COLLECTION

Louis Schoengrun

PARIS — IMPRIMERIE GEORGES PETIT

12, RUE GODOT-DE-MAUROI, 12

CATALOGUE

DE

TABLEAUX

PAR

BOUDIN, FORAIN, GUILLAUMIN, ISABEY,
JONGKIND, LEBOURG, LÉPINE,
LHERMITTE, PISSARRO, SISLEY, STEVENS, THAULOW,
THORNLEY, TROYON, ZIEM

COMPOSANT LA

Collection Louis Schoengrun

ET DONT LA VENTE AURA LIEU A PARIS

HOTEL DROUOT, SALLES 9 & 10

Le Jeudi 7 Février 1901

A TROIS HEURES

COMMISSAIRE-PRISEUR

Me PAUL CHEVALLIER

10, Rue Grange-Batelière, 10

EXPERT

M. GEORGES PETIT

12, Rue Godot-de-Mauroi, 12

EXPOSITIONS

PARTICULIÈRE : le Mardi 5 Février 1901, de 1 heure à 6 heures.
Entrée par la rue Grange-Batelière.

PUBLIQUE : le Mercredi 6 février, de 1 heure à 6 heures.
Entrée par la rue Grange-Batelière et par la rue Drouot.

CONDITIONS DE LA VENTE

Elle sera faite au comptant.

Les acquéreurs paieront dix pour cent en sus des prix d'adjudication.

PRÉFACE

Il n'y a pas d'art plus difficile, pour un amateur, que celui de savoir choisir, parce que cet art-là exige de celui qui le possède un goût raisonné, une patience sans lenteur, de la décision, sans rien qui puisse ressembler à un entrainement de sensibilité. C'est bien là ce qu'a montré le collectionneur qui avait réuni les tableaux décrits plus loin. Des noms aimés et des œuvres d'anthologie : des artistes qui sont d'autant plus assurés de vivre dans l'avenir que leurs contemporains leur furent des juges plus sévères, plus aveugles, et des œuvres d'une robuste beauté.

On peut dire, sans crainte d'être démenti, qu'il n'y a pas un morceau dans cette collection, qui ne porte en lui comme la synthèse de toutes les qualités par lesquelles son auteur s'impose à l'attention des amateurs. Je voudrais parler de tous ici ; leurs noms, au hasard, se pressent sous ma plume et l'on m'excusera de n'y pas mettre ordre.

Boudin, le grand artiste, qui a si bien écouté battre en sa poitrine l'âme de la mer, est représenté par une œuvre forte, un de ces couplets de la vie des pêcheurs qu'il excellait à chanter, une de ces pages où sa vision juste et renseignée lui permettait de pénétrer jusqu'au fond le caractère de ce qu'il interprétait ; et dans le caractère, je compte la part d'émotion que la chose vue éveillait chez le peintre, émotion qu'il nous communique par sa belle sincérité et l'ardente foi de son art.

Stevens, le vieux maitre des élégances féminines, indique une face très spéciale de son talent, avec des plages dont il dit les aspects vigoureusement.

Sisley, que l'on a abîmé de son vivant, par une indifférence où il y avait peut-être plus de jalousie que d'inconscience, Sisley triomphe ici avec des chefs-d'œuvre, entre autres La Réserve des Bécasses, *un chant d'allégresse à l'été, et l'*Inondation *à* Port-Marly, *le* dies iræ *des tristesses hivernales. Ah ! cette* Inondation ! *Quelle merveille ! Comme elle a pris, avec le temps, une harmonie délicieuse ! Quel sentiment vrai ! Quelle essentielle mélancolie ! Quelle extraordinaire palpitation d'idéal dans la transcription chromatique de cette réalité !*

Jongkind, qui a donné de la Hollande des aspects définitifs, semble avoir compris les vieux quartiers de Paris avec la même franchise : son coin de la Rue de l'Abbé-de-l'Épée *est une évocation de tout ce pays de la montage Sainte-Geneviève, avec son pittoresque particulier attaché à d'anciennes traditions ; et cela encore est un chef-d'œuvre.*

Et Lépine ? A-t-on jamais mieux fixé, en une synthèse lumineuse, la grave et puissante échine du Pont-Neuf, *tracée comme un chemin de pierre au-dessus du fleuve, pour mener au glorieux massif du Louvre, que le soleil dore de ses caresses blondes.*

Et Pissarro ? Qui donc, mieux que le vieux maître d'Éragny, s'est attendri sur la sereine monotonie des lourds chalands amarrés le long des fleuves, dans l'attente de l'éclusier, fonctionnaire important et tardif ; toute la vie fluviale racontée dans ces stationnements qui ont, pour compensation, la splendeur des quais.

Lebourg arrête également l'attention, et l'on se demande comment il se fait que, pendant un si long temps, on ait méconnu sa maîtrise, et la magnifique ampleur de sa conception de nature. Dans ses ensembles, à l'horizon toujours si vaste, c'est une eurythmie enchanteresse qui règne entre ses champs, ses bois, ses rivières et ses ciels, tout peuplés de nuages et d'une lumière éclairante jusqu'à l'intensité. Et quelle expression ! Quelle manière de tout dire en une langue sommaire ! Quel admirable dessin des plans, dessin qui ne se perd pas dans le détail et concourt à l'extrême homogénéité des pays interprétés ! Certains me disent que Lebourg est un de ceux dont le nom se placera parmi les plus grands : il n'y a guère que quinze ans que je répète la même chose.

Voici encore Guillaumin, qui a fait siens les Bords de la Creuse, *par la façon pleine de vigueur dont il en a traduit le sol aux acci-*

dents rudes, et les verdures aux sèves violentes; Thaulow, qui cherche — et trouve — avec bonheur, l'enveloppe mystérieuse du soir qui descend; Lhermitte, qui ne sépare pas le cadre de la campagne des figures rustiques qui s'y meuvent, et qui, après avoir maintes fois exprimé l'intimité du travail de la terre, se plaît à contempler l'intimité des gens de la terre, en ces deux points extrêmes qui portent le foyer : l'enfant, l'aïeule; Besnard qui, dans une Tête de jeune femme, *sait mettre l'infini du rêve, et je ne sais quel rêve d'infini; Isabey, ce prestigieux trouvère de la chanson féodale, dont l'évocation d'autrefois est d'une saveur si prenante, qu'on revit, aux images qu'il ressuscite, tout le passé; Forain, qui, lui, a presque devancé le présent, et apparaît ici avec une peinture exquise, un intérieur de Parisienne surprise dans son intimité. Que n'ai-je plus de place pour m'étendre comme il conviendrait sur chacun de ces maîtres, qui nous font si bien pénétrer leur joie de peindre! J'en ai gardé un pour la fin : Ziem.*

Ziem, c'est-à-dire le plus étincelant des impressionnistes, ayant conservé une âme romantique; le plus respectueux des techniciens, le peintre le plus attaché à la beauté de la matière; et en même temps, la vision se rattachant par les fils d'or de la pensée, aux splendeurs du rêve.

Ziem, le vétéran de notre école de 1830, l'initiateur incontesté de l'école moderne, le maitre admirable et admiré qui atteint au soir de la vie, sans avoir connu d'autre joie durable que celle de créer de belles œuvres avec de belles matières; Ziem, l'une des plus glorieuses figures de l'art français. Que l'on regarde les peintures, déjà anciennes, qui font partie de cette collection, et qu'on dise si j'exagère quand je salue le grand vieillard de toute ma vénération et de tout mon respect.

Et tout ce bel ensemble va être disloqué. Tant mieux : l'exposition de toutes ces œuvres nous aura donné une leçon de goût et leur dispersion va faire des heureux.

L. Roger-Milès

20 Janvier 1901.

INDEX ALPHABÉTIQUE

DÉSIGNATION

TABLEAUX

JONGKIND

1 — *Le Port.*

Des bateaux à l'ancre, par un ciel gris.
Signé à droite, en bas, du timbre de la vente.
Aquarelle sur papier gris.

Haut., 19 cent. 1/2; larg., 26 cent.

BROWN
(J.-L.)

2 — *Épisode des guerres de Vendée.*

La grève, au sable jauni. A gauche, un homme étendu sur le sol, une blessure à la tête. Près de lui, un chien pleure et aboie. Vers la droite, trois cavaliers s'éloignent, entraînant deux Chouans. L'un des cavaliers a le sabre au clair, l'autre tient un pistolet. Le troisième cavalier, qui paraît être le chef, est monté sur un cheval blanc et vêtu d'un ample manteau rouge. Au fond, la mer, puis le ciel chargé de nuages, que traverse un vol de mouettes.

Signé à droite, en bas : *John-Levis Brown.*

Panneau. Haut., 38 cent.; larg., 54 cent.

DELASALLE
(Mlle)

3 — *Le Pont de Courbevoie.*

Vers le soir. Le ciel, incendié par le soleil couchant. Les arbres des îles assombris par des clameurs de feu. Sur le pont, que traverse le tramway de Saint-Germain, des personnages se promènent.

Signé à gauche, en bas : *A. Delasalle.*

Toile. Haut., 46 cent.; larg., 82 cent.

LE SIDANER

4 — *La Neige.*

A Bruges : une place publique ; la neige est tombée. Sur le banc, sur les maisons basses aux devantures bariolées, sur les arbres aux branches dépouillées, la neige, partout la neige. Derrière quelques vitres, des lampes allumées dans les intérieurs.

Signé à gauche, en bas : *Le Sidaner. Bruges, 1899.*

Toile. Haut., 65 cent.; larg., 74 cent.

THORNLEY

5 — *Un Moulin, en Hollande.*

Au premier plan, un grand moulin. Aux alentours, l'embouchure du fleuve, dont l'eau s'étend blanche et calme et, dans les arrière-plans, se confond avec le ciel dans le brouillard du Zuiderzée.

Signé en bas.

Toile. Haut., 62 cent.; larg., 80 cent.

GUILLAUMIN

6 — *Moulin du pont Charraud sur la Sédelle (Crozan, sept. 94, 9 h. du matin).*

A droite, le moulin, dont la roue laisse échapper l'eau claire de la rivière. Des arbres, aux feuilles rouillées par l'automne, cachent en partie la construction. A gauche, la rivière tombe, en cascade, d'un barrage, et son eau écume contre les roches qui hérissent son lit. Un massif d'arbres aux branches dépouillées se dresse sur la langue de terre qui isole le moulin. Au fond, les collines aux mouvements variés et aux cultures diverses.

Signé à gauche, en bas : *Guillaumin.*

Toile. Haut., 73 cent.; larg., 93 cent.

6 — GUILLAUMIN. *Moulin du pont Charraud sur la Sédelle (Crozan, sept. 94, 9 h. du matin)*

LEBOURG

7 — *Lever de lune en automne.*

Entre les collines boisées, la rivière coule. La lune vient d'apparaître au ciel bleu et, comme des perles d'or, elle laisse tomber des gouttes de lumière dans l'eau qui frissonne. Tout le paysage s'enveloppe de mélancolie. Pourtant, sur la cime des arbres, à droite, les derniers reflets du soleil couché mettent des caresses rosées, souvenir d'une belle journée.

Signé à gauche, en bas : *A. Lebourg.*

Toile. Haut., 48 cent.; larg., 71 cent. 1/2.

7. — LEBOURG. *Lever de lune en automne.*

STEVENS

8 — *En vue de la falaise.*

La mer, dont les vagues balancent des sloops de pêche sous le disque rosé du soleil qui se lève. A gauche, les falaises blanches, sous le ciel d'un bleu profond.

Signé à gauche, en bas : *A. Stevens.*

Toile. Haut., 46 cent.; larg., 38 cent.

BESNARD

9 — *Jeunesse.*

De trois quarts à gauche, une jeune femme vue jusqu'aux épaules : le visage à l'ovale aimable est encadré de cheveux châtains à reflets fauves. Le col émerge d'un corsage noir. Les lèvres roses retiennent un sourire. Les yeux, où s'allume une étincelle, ont de l'esprit et de la vivacité.

Signé à gauche, vers le bas : *A. Besnard.*

Pastel. Haut., 40 cent.; larg., 31 cent.

STEVENS

10 — *Le Tréport.*

La mer. Puis des bateaux de pêche aux voiles gonflées par le vent. Au fond, à gauche, assez près d'autres barques à voiles, passe un bateau à vapeur. Sur l'horizon, le ciel s'éclaircit de quelques lueurs fauves. Plus haut, le ciel est bleu, caché par places de nuées grises, menaces d'orage.

Signé à gauche, en bas : *A. Stevens.*

Toile. Haut., 72 cent. 1/2 ; larg., 59 cent.

10 — STEVENS. *Le Tréport.*

TROYON

(C.)

11 — ***Retour du marché.***

Sur la route, montée sur sa bête, la paysanne rapporte les deux paniers de légumes qu'elle vient d'acheter au marché. Elle passe devant deux bons-hommes, dont l'un est debout contre une roche, et l'autre assis dessus. Derrière cette roche, quelques arbres aux frondaisons printanières. A droite, le terrain se relève. Le ciel est bleu profondément.

Signé à gauche, en bas : *C. Troyon.*

Pastel. Haut., 30 cent.; larg., 41 cent.

LEBOURG

12 — ***Andrecy.***

Un matin plein de lumière et de soleil. Sur les deux rives, à l'endroit où le fleuve tourne, de beaux arbres dont les panaches verts se reflèchissent dans l'eau profonde. Dans le ciel, une atmosphère rose au-devant des profondeurs de l'azur.

Signé à droite, en bas : *A. Lebourg, Andrecy. 1898.*

Toile. Haut., 48 cent.; larg., 71 cent.

LEBOURG

13 — *La Seine, à Port-Marly.*

Une berge basse, où l'herbe pousse drue. Un tournant du fleuve : puis, au fond, les maisons du village. A droite, sur l'autre rive, des arbres. Dans le ciel lumineux et bleu, de grands nuages gris et blancs.

Signé à gauche, en bas : *A. Lebourg.*

Toile. Haut., 39 cent.; larg., 71 cent.

STEVENS

14 — *Mer calme.*

La mer. où flottent les reflets du ciel bleu, paré de grands nuages fauves, des sloops de pêche, aux voiles assombries par l'embrun, et, à l'horizon, le panache de fumée d'un bateau à vapeur.

Signé à droite, en bas : *A. Stevens.*

Toile. Haut., 33 cent.; larg., 40 cent.

FORAIN

15 — *Intimité.*

Une chambre en désordre. Sur un fauteuil, à droite, un manteau rouge jeté négligemment : un carton à chapeaux ouvert chevauche sur un des bras du fauteuil. Du même côté, près du lit de bois dont les couvertures sont rejetées et pendent, une porte à demi-fermée. Puis, sur une table de nuit, une carafe d'eau et un verre. A gauche, au-devant d'une armoire à glace, un canapé. Une jeune femme, vue de dos, en chemise blanche et bas noirs, a posé le pied gauche sur le canapé, et, le haut du corps penché en avant, défait les boutons de sa bottine.

Signé à gauche, en bas : *Forain.*

Toile. Haut., 72 cent.; larg., 58 cent.

15 — FORAIN. *Intimité.*

BOUDIN

16 — *Appareillage des bateaux de pêche de Berck.*

La mer est démontée. Voici les bateaux de pêche qui s'éloignent. A droite, l'un de ceux-ci a encore sa mâture couchée. Les autres présentent au vent qui souffle leurs larges voiles brunes. Les vagues remuées sont ourlées d'écume blanche. Dans le ciel, d'épais nuages sombres cachent le fond de l'azur.

Signé à droite, en bas : *E. Boudin, 80.*

Toile. Haut., 50 cent.; larg., 73 cent.

16 — BOUDIN. *Appareillage des bateaux de pêche de Berck.*

VIGNON

17 — *Les Foins. Plaine d'Ambierre.*

Deux meules, auprès desquelles travaille une paysanne. Au fond, à droite, la campagne. Sous un ciel bleu, s'envolent des nuages blancs.

Signé à gauche, en bas : *V. Vignon.*

Toile. Haut., 27 cent. 1/2 ; larg., 51 cent.

(Collection Tavernier)

LEBOURG

18 — *Automne.*

L'automne. La Seine réfléchissant dans son miroir profond et large les frondaisons brûlées par le soleil d'août. Puis, les maisons du village tapi dans la verdure. Puis. les collines ; puis, le ciel, où un crépuscule attendri allume sa splendeur féerique. Une petite barque traverse le fleuve, ouvrant derrière elle un sillon de lumière.

Signé à droite, en bas : *A. Lebourg.*

Toile. Haut., 49 cent.; larg., 71 cent. 1/2.

LEBOURG

19 — *La Bouille, près Rouen, au printemps.*

Au premier plan, à gauche, la colline au flanc de laquelle tourne un chemin. A droite, les maisons du village, dominées par un clocher. Puis la Seine, dont on voit le cours dessiner un coude, selon la ligne indiquée par d'autres collines. Le ciel est d'azur tendre, avec des nuages blancs bordés de clartés chaudes.

Signé à gauche : *La Bouille, 1899. A. Lebourg.*

Toile. Haut., 49 cent. ; larg., 72 cent.

STEVENS

20 — *Vue du Tréport.*

A droite, la jetée. A gauche, la mer : un bateau à vapeur, une yole de plaisance. De grands nuages sombres courent au-devant du ciel bleu.

Signé à gauche, en bas : *A. Stevens.*

Toile. Haut., 61 cent. ; larg., 73 cent.

LEPINE

S.

21 — *Le petit bras de la Seine, au Pont-Neuf.*

A gauche, des chalands amarrés contre le quai. Quelques arbres, au feuillage roussi par l'automne, empêchent de voir les constructions du quai des Grands-Augustins. A droite l'autre quai, dominé par l'architecture du Palais de Justice et par les vieilles maisons du quai de l'Horloge. Au fond, le pont de pierre, sur lequel passent des voitures. Puis le Louvre, avec ses dômes gris sous l'atmosphère claire. Le ciel, aux clartés blondes, se réfléchit dans l'eau où courent des reflets.

Sur la rive droite, quelques arbres entre lesquels on aperçoit au loin la silhouette de la statue de Henri IV.

Signé à gauche, en bas : *S. Lépine.*

Toile. Haut., 23 cent.; larg., 32 cent.

21 — LÉPINE (S.). *Le petit bras de la Seine, au Pont-Neuf.*

VOLLON

22 — *Le Bouquet de fête.*

Dans un vase de cristal monté en bronze, un bouquet de fleurs. Sur la table qui porte le vase et est couverte d'un tapis vert, un bouquet de violettes à gauche : à droite, une grappe de raisin et des boucles d'oreilles. Le fond est formé d'une tenture rouge.

Signé à droite, en bas : *A. Vollon.*

Panneau. Haut., 61 cent. 1/2 ; larg., 50 cent.

LEBOURG

23 — *Bords de l'Iton (Eure).*

A droite, un champ avec une masure couverte de chaume. A gauche, des bruyères. Au milieu, le ruisseau, dont l'eau cristalline court sous des mousses stagnantes et des feuilles de nénuphars. Le site est bordé, à l'horizon, par des bois. Le ciel est tragique, avec ses chaudes clartés atténuées par d'épaisses nuées d'orage.

Signé à gauche, en bas : *A. Lebourg.*

Toile. Haut., 50 cent.; larg., 59 cent.

STEVENS

24 — *Nuit étoilée.*

Sur la mer, deux barques à voiles. A l'horizon, des falaises. De grands nuages comme des ailes sombres au-devant du disque d'opale, et dans l'azur profond, des étoiles, des étoiles...

Signé à gauche, en bas : *A. Stevens.*

Toile. Haut., 66 cent.; larg., 54 cent.

LHERMITTE

25 — *L'Aïeule.*

Dans le jardin, la mère-grand, assise, de profil à droite, sur une chaise de paille, fait réciter sa leçon à une fillette assise près d'elle. L'aïeule est vêtue d'un caraco et d'une jupe noire protégée par un tablier bleu. Un bonnet blanc cache ses cheveux grisonnants et son front. Elle tient de ses vieilles mains fatiguées le livre ouvert. L'enfant blonde la regarde avec une attention mêlée de tendresse. Autour d'elle, les plantes du potager. Puis, contre le mur de la demeure, à droite, les dahlias, les rosiers et les glaïeuls, qui montent leurs branches fleuries jusqu'à la toiture.

Signé à droite, en bas : *L. Lhermitte.*

Pastel. Haut., 46 cent.; larg., 36 cent. 1/2.

25 — LHERMITTE. *L'Aïeule.*

SISLEY

26 — *La Rade de Cardiff.*

Dans les premiers plans, la falaise dominant la mer où l'on voit passer au large des steamers, des voiliers et des barques de pêche. Une fillette, debout, près de sa mère assise, est en contemplation devant cette splendeur où le soleil diffuse une belle clarté blonde. Au premier plan, deux arbres, au tronc noueux, dressent leurs bras feuillus vers le ciel clair. A gauche, dans un poudroiement de lumière, on aperçoit une jetée.

Signé à gauche, en bas : *Sisley, 97.*

Toile. Haut., 54 cent.; larg., 65 cent.

26 — SISLEY. *La Rade de Cardiff.*

PISSARRO

(C.)

27 — *L'Écluse.*

A droite, la pointe d'une ile, dont le terrain est planté d'arbres. Au premier plan et à gauche, l'eau pleine de frissons et de reflets. Sur le bord du fleuve, au milieu du tableau, les chalands sont amarrés. Au fond, de l'autre côté du quai, les constructions alignées avec leur toiture de tuiles rouges ou brunes. Dans le ciel, de grands nuages gris.

Signé à gauche, en bas : *Pissarro, 1879.*

Toile. Haut., 53 cent.; larg., 81 cent.

27 — PISSARRO (C.). *L'Écluse.*

LÉPINE

S.

28 – *Le Port de Caen, le soir.*

A gauche, un quai de l'Orne bordé d'arbres et de maisons. Un homme s'y promène, accompagné d'un chien. Sur la berge, des débardeurs tirant une pièce de bois. D'autres figures s'éloignent. A droite, un voilier est à l'ancre. Au fond, la ville dresse ses tours et ses dômes sous la clarté vibrante de la lune qui déchire les nuages et met des paillettes d'or sur le miroir frissonnant de l'eau.

Signé à droite, en bas : *S. Lépine.*

Toile. Haut., 46 cent.; larg., 55 cent.

28 — LÉPINE. *Le Port de Caen, le soir*

SISLEY

29 — *Bords de l'Orvanne (Moret).*

A droite, une rangée d'arbres au bord d'un chemin montant. Aux premiers plans, le ruisseau coulant entre des rives brodées de bruyères et piquées de roseaux. A droite, parmi les verdures, on aperçoit une construction de briques. Le ciel est clair, avec de beaux nuages blancs qui s'ouvrent parfois sur un écran d'azur.

Signé à droite, en bas : *Sisley*.

Toile. Haut., 46 cent.; larg., 54 cent.

29 — SISLEY. *Bords de l'Orvanne (Moret*

JONGKIND

30 — *La Rue de l'Abbé-de-l'Épée.*

La petite rue de l'Abbé-de-l'Épée, qui débouche sur la rue du Faubourg Saint-Jacques. A droite, le mur du jardin de l'institution des Sourds-Muets. A gauche, les maisons qui aboutissent à l'église Saint-Jacques du Haut-Pas.

A gauche, un fiacre est arrêté devant une porte cochère; à droite, quelques silhouettes d'hommes et de femmes sur le trottoir.

Signé en bas, à droite : *Jongkind, 1872.*

Toile. Haut., 46 cent. 1/2; larg., 33 cent. 1/2.

(VENTE JONGKIND.)

30 — JONGKIND. *La Rue de l'Abbé-de-l'Épée.*

THAULOW

31 — *Dieppe.*

Le soir. Les barques de pêche, les voiles gonflées par le vent, sont mollement balancées sur le flot vert où le ciel encore éclairé enfonce des reflets attendris. Les barques allument leurs feux de nuit, et dans le lointain, à droite, on aperçoit la veilleuse d'un phare.

Signé à droite, en bas : *Fritz Thaulow.*

Toile. Haut., 80 cent.; larg., 1 m. 21.

31 — THAULOW. *Dieppe.*

ZIEM

32 — *Lever de soleil sur le canal, à Venise.*

A droite, le palais des Doges. A gauche, la Douane. Au premier plan, une gondole chargée de personnages traverse le canal, tandis que s'éloigne du bord un vaisseau aux larges voiles blanches, portant un pavillon rouge. A gauche, une gondole gagne la rive opposée. Du même côté, des vaisseaux sont à l'ancre. Dans le ciel, le soleil éveille de belles clartés blondes, qui mettent un papillottement gai à la surface du canal, aux petites vagues heurtées.

Signé à droite, en bas : *Ziem.*

Panneau. Haut., 60 cent.; larg., 75 cent.

32 — ZIEM. *Lever de soleil sur le canal, à Venise.*

SISLEY

33 — *La Réserve aux bécasses.*

Un jour de printemps : de l'azur et du soleil plein le ciel; de la gaieté plein les frondaisons qui se dressent à gauche. A droite, des bruyères et des buissons. Au milieu, la mare, dont la surface ne s'aperçoit par places qu'à travers les lances des roseaux balancés par la brise. Au fond, des champs que le soleil blondit. Puis, les maisons du village; puis, une ceinture de bois qui limite l'horizon.

Signé à droite, en bas : *Sisley, 90.*

Toile. Haut., 58 cent.; larg., 72 cent.

3 — Sisley. *La Réserve aux bécasses.*

JONGKIND

34 — *Le Quai de la Tournelle.*

A gauche, la berge du quai. Puis, au fond, le pont de la Tournelle, dominé par le chevet, la flèche et les tours de Notre-Dame. A droite, aux premiers plans, un chaland amarré. De l'autre côté de la rive, à l'extrémité de l'île Saint-Louis, un bateau-lavoir, puis le pont Louis-Philippe, puis les maisons du quai de l'Hôtel-de-Ville, dominées par la tour Saint-Jacques. Dans le ciel bleu, planent de beaux nuages blancs.

Signé à droite, en bas : *Jongkind, 1863.*

Toile. Haut., 42 cent.; larg., 56 cent.

54 — JONGKIND. *Le Quai de la Tournelle.*

ISABEY

35 — *Le Village.*

A travers les ruelles tortueuses, entre les maisons aux flancs tassés, aux toitures pointues, de jeunes seigneurs et une très belle dame se promènent. Autour d'eux, « la canaille » se presse, curieuse, et des enfants tendent leurs chapeaux fripés à l'aumône qu'on ne leur marchande pas. A droite, des commères se tiennent sur le pas de leur porte, pour voir passer ces figures inhabituelles. Les chiens même semblent piqués par la curiosité. Au fond, de forts chevaux, attelés en flèche, tirent sur une montée laborieuse, la berline des promeneurs.

Signé à gauche, en bas : *E. Isabey, 1861.*

Toile. Haut., 60 cent.; larg., 78 cent.

35 — ISABEY. *Le Village.*

ZIEM

36 — *La grande Voile blanche.*

En vue de Venise, dans une des larges passes, où la mer étincelle comme un joyau sous l'immensité de l'infini. La galère, aux voiles rouges et blanches, suit de près le « Trabacco » *, dont l'ample voile blanche est à demi-carguée et soulevée légèrement par le vent qui souffle du large. A gauche, un « topo-pêcheur à ligne de fond », à la coupe élancée, avance vers la droite, manœuvré par le bras robuste d'un rameur.

A droite, au fond, la ville apparait, la ville toute peuplée de ses palais, de ses clochers et de ses dômes, dont les constructions, aux patines de fleurs ensoleillées, s'illuminent de clartés radieuses, sous la calme splendeur d'un ciel d'azur profond.

Signé à gauche, en bas : *Ziem.*

Panneau. Haut., 54 cent.; larg., 84 cent.

* Les noms des bateaux indiqués ici nous ont été communiqués par le maître Ziem lui-même.

36 Ziem. La grande Voile blanche.

JONGKIND

37 — *Le Moulin.*

A gauche, le canal, que remonte un chaland. La rive de gauche est toute bordée d'arbres. Au fond, on aperçoit une ville et un clocher. A droite, un moulin vers lequel s'avance un cavalier. Dans le ciel, un étincellement de lumière : quelques nuées chaudes, des profondeurs d'atmosphère ambrée et, à la surface de l'eau, les petites vagues qui offrent à cette clarté tombée du ciel mille facettes d'or.

Signé à droite, en bas : *Jongkind, 62.*

Toile. Haut., 42 cent.; larg., 55 cent. 1/2.

37. JONGKIND. *Le Moulin.*

SISLEY

38 — *L'Inondation à Port-Marly.*

A gauche, au fond, la maison dont le seuil est battu par l'eau. A l'aide de tonneaux, on a établi des planches sur lesquelles circulent des figures. Sur le mur, on lit l'enseigne : « *A saint Nicolas.* » Au pied de la maison, des barques sont arrêtées, et des passeurs sont là, la main appuyée à de grandes gaules. A droite, ce qui était la place n'est plus qu'un lac. Les arbres et un bec de gaz émergent de l'eau frissonnante. Au fond, on aperçoit des collines. Dans le ciel, des nuages gris passent chargés de pluie et douloureux. On devine un grand silence triste dans cet envahissement de la terre par le fleuve.

Signé à droite, en bas : *Sisley, 1876.*

Toile. Haut., 51 cent.; larg., 61 cent.

(COLLECTION GUASCO.)

38 — Sisley. *L'Inondation à Port-Marly.*

ZIEM

39 — *Une Flotte dans la passe de Malacco (Venise).*

Sur l'eau bleue, où le ciel se réfléchit, deux vaisseaux passent, leurs voiles déployées, mais non gonflées par le vent. Le premier, à droite, porte le pavillon tricolore. A gauche, un topo-pêcheur à ligne de fond est arrêté, dans lequel se trouve un homme enveloppé d'une draperie rouge. Au fond, à gauche, les arbres du Jardin public. A droite, le palais des Doges.

Signé à droite, en bas : *Ziem.*

Toile. Haut., 41 cent.; larg., 65 cent.

39 — ZIEM. *Une flotte dans la passe de Malacco (Venise).*

LE SIDANER

40 — *Clair de lune.*

Dans la nuit: la maison s'élève au-dessus du canal. et sur le mur où veillent les fenêtres. éclairées de petites clartés rouges, la lune promène la caresse de son baiser blafard.

Signé à droite, en bas : *Le Sidaner, Bruges.*

Toile. Haut., 68 cent.; larg., 74 cent.

STEVENS

41 — *Le Tréport.*

A droite. la plage. Une jeune femme et son fils debout regardent un bateau à vapeur qui s'éloigne de la jetée. A l'horizon. quelques bateaux de pêche aux voiles gonflées par le vent. De grands nuages sombres planent au-devant du ciel bleu.

Signé à droite, en bas : *A. Stevens.*

Toile. Haut., 80 cent.; larg., 64 cent.

Paris. — Imprimerie Georges Petit, 12, rue Godot-de-Mauroi. — 10276-01.

www.ingramcontent.com/pod-product-compliance
Ingram Content Group UK Ltd.
Pitfield, Milton Keynes, MK11 3LW, UK
UKHW031947260826
14628UKWH00004B/1913